放柳树沟歌

王志祥◎著

花山文艺出版社

河北·石家庄

图书在版编目 (CIP) 数据

柳树沟放歌 / 王志祥著 . -- 石家庄：花山文艺出
版社，2024.1
ISBN 978-7-5511-6956-1

Ⅰ.①柳… Ⅱ.①王… Ⅲ.①诗集－中国 －当代
Ⅳ.① I227

中国国家版本馆 CIP 数据核字（2023）第 236052 号

书　　名：**柳树沟放歌**
LIUSHUGOU FANGGE
著　　者：王志祥

责任编辑：于怀新
封面设计：晴晨时代
美术编辑：陈　淼
出版发行：花山文艺出版社（邮政编码：050061）
　　　　　　（河北省石家庄市友谊北大街 330 号）

销售热线： 0311-88643299/96/17
印　　刷：河北浩润印刷有限公司
经　　销：新华书店
开　　本：880 毫米 ×1230 毫米　　1/32
印　　张：6.75
字　　数：121 千字
版　　次：2024 年 1 月第 1 版
　　　　　　2024 年 1 月第 1 次印刷
书　　号：ISBN 978-7-5511-6956-1
定　　价：58.00 元

诗歌，与形象同行

春　熙

为文之人，大抵是从爱好诗歌开始，写些抒情短章和顺口溜之类，我是，许多朋友也是，我想王志祥可能也是。

原因吧，即兴式的抒情、咏叹、感慨，简便，易于操作。

每个人的心灵都有抒发的欲望，特别是年轻人。

诗歌是情感的产物。愤怒出诗人，快乐也出诗人，悲伤同样出诗人，且都与情感有关。那些分行的文字、灵慧的哲理、独特的意象，就是情感这棵大树上美丽的枝杈、花朵和果实。

自古以来，在精神的殿堂里，诗歌总是被置于最高的位置，中国是这样，外国也是这样。

"床前明月光，疑是地上霜，举头望明月，低头思故乡。""两个黄鹂鸣翠柳，一行白鹭上青天。窗含西岭千秋雪，门泊东吴万里船。"这些诗句，或平白如话，或韵律雅致，几乎童稚能诵，妇孺皆知。李白的高蹈豪迈，杜甫的幽思沉郁，苏轼的狂放超尘，粗通文墨的人都能说出一二来，并奉为圭臬。这是诗教，诗歌的基因流淌在民族的血液里。

不久前，我去了一趟伊朗。伊朗南部的设拉子，人称诗人之城和浪漫之城。诗人和诗歌受到社会的高度关注和尊重。我参观了14世纪波斯著名的浪漫主义诗人哈菲兹的陵墓。诗人去世六百多年后，仍受到人们的膜拜。他生于设拉子，死于设拉子，一生过着苦行僧的生活。他咏叹春天、鲜花、美酒和爱情，呼唤自由、公正和美好的新生活，感情真挚，联想丰富，富有哲理，寓意深刻，充满浪漫主义精神，被公认为波斯抒情诗的高峰。如他著名的诗句："如果波斯女子望我一眼，我愿奉献整座撒马尔罕。"陵园里反复播放别人吟诵他诗歌的录音，深情真挚，千回百转，如泣如诉。那种优美的音调和旋律，即使你不懂波斯语，不知道诗的内容，也同样如一缕清风吹入心田，让你荡气回肠，如痴如醉，灵魂震颤。深谙波斯文化的导游告诉我：每一个伊朗人家里，不一定都有一本《古兰经》，但一定有一本哈菲兹的诗集。

这就是诗歌的魅力。

我读过王志祥的散文，都是写故乡的，刊行后，受到读者肯定。

这一本同样是写故乡的。他有故乡情结，但用的是诗歌的形式。

王志祥的诗没有流行的时尚色，没有佶屈聱牙、艰涩难懂、故作高深的废话，一切都清清楚楚、明明白白。他在为一个叫柳树沟的村庄作传，写它的苦乐，写它的风物，写它的青山绿水，写它的时代变迁。

诗歌的特点之一，就是要借物抒情。写一个村庄，当然要写人间烟火。《"烟旗""烟语"》显得别致。炊烟，分割昏晓，勾连万物，把它比喻成一个村庄的旗帜，新颖且恰当。炊烟的升起、舞动，诉说着村庄的心事，记录着农民心底的秘籍、乡野演进的轨迹。

我选评这一首，是因为这首诗运用了形象思维。把炊烟人格化，就当它有思想、有听觉、有视觉，让炊烟去讲述一个村庄古老或年轻的故事。这样，就能避免作者直接讲道理的那种直白和僵硬，显得形象、优雅、生动。

写诗一定要用形象思维，这是诗歌与别的文体的重要区别。诚如作者自言：诗作常常落入"平俗直白"之类。俗倒未必是——其实有时大俗可能就是大雅，但平淡直白确实容易落入平庸。诗歌不适合过多叙事，叙事是小说的功能。诗歌也不适合大篇地讲道理，直奔主题，那样容易失去诗歌的光彩。诗是写情感，写心灵的，应该物我相融、虚实相生，拨动琴弦唱歌。

诗人要站在高处，审视历史、自然、生活、人生，然后认真思考，概括、提炼、抽象出睿智之语。一首诗，不一定满篇珠玉，但总要有几句精彩的话、几缕思想的火花，点亮读者的眼睛。诗人要引领人们走向花丛，而不是走入荒野。

真实，质朴，很好。但真实和质朴不一定是诗。

诗歌——人生的注脚。当然，我希望这注脚是优雅的、漂亮的，是真正的诗。

　　让乡村不再遥远。即使遥远了，也留下诗，存一份念想。

2023 年 3 月 19 日

建党百年，华夏巨变。压在人民头上的三座大山被彻底推翻，新中国巍然屹立在东方，人民当家做了主人，社会主义建设飞速发展，人民生活水平日益提高。特别是党的十八大以来，党的扶贫政策使那些处于贫困的农村人口彻底拔掉了穷根，和全国人民一道真正过上了衣食无忧的好日子，燕山下柳树沟村的巨变就是最好的诠释。

——题记

目 录

第一辑　苦乐年华

第三辑　创新发展

第四辑　风清气正

第一辑　苦乐年华

柳树沟史话

燕山脚下柳树沟，
沟上沟下长满柳树，
全村几百户，
家家都姓柳。

当年先祖逃荒，
挑两只柳筐进山沟，
一筐装着饥饿，
一筐盛满冤仇。
咬牙拆了柳条筐，
插进山沟沟。
转眼间，
柳条长成树。
柳芽柳叶救活了夫妻俩，
从此改姓柳。
爹生儿，儿生孙，
百年衍生了百十户。

共产党光辉照进柳树沟，
柳家人当家做了主，
面向北京发誓言：
不拔穷根不罢休！
修梯田，建水库，
蘸着血汗绘宏图，
几代人拼搏，
拼搏出满沟披锦绣。
今日柳树沟，
新农村牌匾立村口——
学校超市托儿所，
灯光球场俱乐部，
诊所药房电影厅，
家家小洋楼……

柳树沟人说，
好日子才开头，
擦把汗接着拼，
朝着民族复兴目标再奋斗！

"烟旗""烟语"

农家土屋脊，
烟囱林立，
微风中，
烟柱打着旋儿升起。
那烟柱不俗，
我叫她"烟旗"。
"烟旗"有灵性，
她会讲"烟语"。

"烟旗"缓缓飘动，
是在诉说锅里无米——
一半是菜一半是水；
"烟旗"激情舞动，
是在报告丰产丰收——
锅里滚着幸福煮着甜蜜；
"烟旗"不见了，
是在传递灾荒严重——

庄稼歉收粮缸见底……

自打城镇化浪潮涌起，
家家煤改电，户户柴换气，
土坯改成了砖瓦，
平房换成了楼宇，
屋顶烟囱消失了，
再不见"烟旗"，
听不到"烟语"，
乡亲们被小康灌醉。

啊，屋顶上的"烟旗""烟语"，
时代的符号，历史的记忆。
你记录着天灾人祸，
记录着侵略者铁蹄；
你记录着民族的历史，
记录着乡野演变的轨迹。

啊，屋顶上的"烟旗""烟语"，
纵是匆匆远去，
农耕人家没有遗忘，
茶余饭后仍将你谈起——
你是农家当年的图腾，
你是藏在农人心底的秘籍！

淌　蜜

当年的柳树沟，
十里不见花草树木，
鬼灵奇异，
八荒千古。
穷困先祖逃荒到此，
挥汗如雨开疆拓土，
唤醒了沉睡的大地，
赶走了久远的荒芜。

柳家人自幼勤劳俭朴，
天生铮铮铁骨，
不信鬼不信神，
不信柳河水倒流。
挺起胸，
抬起头，
与命运抗争，
改天换地志不移。

一年接一年，

一秋连一秋，

改得山变水变，

换来缸满囤流。

月亮挂山头，

晚风拂翠柳，

村头喇叭响不停，

震得满沟抖：

快来领取丰收款和文明奖，

别忘带个大布兜！

乡亲们冲着喇叭笑，

一股蜜从心头淌出……

爱与恨

柳树沟盛产柳，
柳篮柳筐，柳墙柳屋，
前者用来换钱，
后者用来居住。

柳姓人家性情特殊，
特别像柳树：
抗寒抗旱抗沙，
抗风抗霜抗雾；
有时热情似火，
有时疾恶如仇。
他们对党对祖国爱得深切，
对坏人对敌人横眉冷目。
那年汶川地震，
他们第一时间送去帐篷和被褥，
三十人救援队伍奋战在三个自然村，
百余名重伤员被他们救出。

当年鬼子进村，

他们组织起大刀队昼伏夜出，

一刀一个鬼子头落地，

杀得敌人屁滚尿流。

柳树沟人说的好：

情有缘，恨有主，

爱党爱国是本分，

恨敌人，不想当亡国奴……

啊，春风春雨，秋露秋雾，

好一幅《清明上河图》！

明日柳树沟村，

定是霞光普照，幸福永驻！

古庙变学校

一座古庙，
立在山坳，
阴森森——
恐怖、神秘、缥缈……
击磬声、诵经声，
把庭院撑饱。
虔诚的枯村俗民，
焚香、叩拜、祈祷……
到头来，
日子照样苦，命运依然糟，
多少冤魂埋进荒野，
尸骨被狗啃狼嚼。
终于有一天，
人们明白了受苦遭难的原因——
迷信是杀人的刀！
于是，人们抄起家伙，
推倒神像拆掉庙，

三层小楼拔地起，

古庙变成小学校。

于是，学童取代了僧人，

校长取代了长老，

击磬改成了敲钟，

诵经变成琅琅读书声。

于是，一批批学子从那里出发，

走向全国、走向世界——

贡献自己的智慧，

续写家乡的荣耀……

啊，古庙变学校，

一代代新人在党旗下报到。

柳树沟的明天哟，

一幅新时代的艳阳彩照！

光伏发电站

过去用煤取暖做饭，
屋顶炊烟盘旋了几十年，
多少次烫伤了手脚，
衣服烧成了蜂窝眼，
哪里知道，
一直活在霾里边。
一年两年，
十年八年，
熏坏了肝，
熏黑了肺，
人人离不开药罐罐，
活过半百算稀罕。
城镇化大潮起，
县里派人建起光伏发电站，
从此告别了煤，
屋顶不再冒黑烟。
劳作归来电闸一推，

刹那间，
水热饭熟，
屋亮炕暖。
好个光伏发电——
清洁能源。
省力省时，
环保安全。
县长说的好——
新时代要有新理念，
生态美生活才美，
要坚持绿色发展！

光纤铺进小山村

柳树沟村就像一粒沙，
书本上没写，地图上没画，
与外界失联数百年，
没人认识她。

自打移动互联网风潮起，
小山村一夜爆炸——
光纤入户 Wi-Fi 进家，
公号开通直达。
瞧，打工姑娘从南国发来微博，
春节带男友来看望爸妈；
战士小李从北疆发来微信，
介绍火红的连队温暖的家；
村主任网上公开"村务"，
柳编合作社与外商视频接洽……
看！朋友圈争相刷屏，
句句真诚、精彩、火热，

你议改革创新绿色发展，
他讲新长征始于足下，
条条正能量，
字字迸火花。

啊，好个"互联网+"，
把世界变小，让山村变大，
信息流带来财富流，
柳树沟快步迈向城镇化！

农家院大厨

尺把高的火苗子直扑脸，

香味四处钻，

雪白的围裙系腰间，

羊肚手巾搭在肩——

农家院大厨铁栓，

红案白案一肩担。

前半夜备料，

后半夜开战——

做个糖醋稻花鱼，

蒸个龙虾熘肚片……

煎炒烹炸，

色香味全。

游客伸出拇指：

"可与城里老字号比肩！"

老人们夸，

年轻人赞，

夸得大厨脸通红，

赞得铁栓泪花闪——

想当年，

给财主做了几十年饭，

山珍海味都做过，

却不知什么甜什么酸，

烫伤了双臂烫伤了眼，

留下伤疤一串串。

现如今，端的是自己的勺，

给咱自己炒给咱自己煎，

饱了游客的口福，

满了咱的钱罐罐。

新社会好，

新时代甜，

俺铁栓打定了主意：

这把炒勺再端它几十年！

开　镰

低垂的麦穗，
粗壮的麦秆，
金灿灿闪着光
啊，又是一个丰收年！

明早要开镰，
今晚全村忙得团团转——
老人收拾好石磨石碾，
购来新锅新碗；
年轻人磨镰的磨镰，
备鞍的备鞍。
忙活了一个冬春，
就盼着这一天。
想从前，天是财主家的天，
地是财主家的地，
苦干一整年，
混不上肚圆。

多少次昏倒在乞讨路上，

被财主家的狗咬伤残，

泪往肚里咽，

仇恨记心间。

看今天，天是人民的天，

地是自家的地，

打下的粮食，

装进自家的囤圈圈。

瞧，老人们笑得多灿烂，

烟锅里亮光一闪闪；

听，年轻人的歌声有多甜，

把西山头上的月亮唱弯。

低垂的麦穗，

粗壮的麦秆，

明天要开镰，

这一晚，柳树沟一准儿集体失眠……

养老院

五彩牌坊立村边，
高大，威武，壮观，
七个大字金光闪——
柳树沟村养老院。
早就想参观，
今日得空闲。
人还没进院，
欢声笑语传耳边。

想起过去好心酸，
吃没的吃穿没的穿，
糠菜半年泪半年，
吃坏了身子哭瞎了眼。
没成想老来得福，
掉进了蜜罐罐……
刘奶奶忆苦思甜，
喜忧参半。

昨晚电视播数遍，
寒流南下到山前，
老院长睡不着觉，
半夜起来逐屋加毛毯。
寒流变暖流，
老人们梦中直擦汗……
张爷爷谈起昨晚的事，
感动得泪珠成串。

这屋里唱，
唱得悠扬；
那屋里喊，
喊声脆甜。
真个是：美醉了心，
乐翻了天——
柳树沟养老院，
老人们个个换童颜！

老年大学歌唱班

一辈子不认几个数，
今天要学识谱，
哆—唻—咪，
怎么也张不开口。
赵妈望张妈，
李叔瞅孙叔，
"扑哧"都笑了，
笑中带着羞。
笑归笑羞归羞，
闭上眼睛放声吼，
吼出今日的甜，
吼出昨天的苦。
练得通俗发声脆，
练得美声高八度，
不为扬名，
只盼"村晚"露一手。
听，周大爷一曲《山乡巨变》——

感人肺腑；

吴大妈一支《春上柳梢头》——

催开花千树……

啊，老年大学歌唱班，

柳树沟最美的景最靓的图。

老人饭桌

吸尽了灰，

闻够了烟，

一辈子围着锅台转，

刀疤一串串。

前三十年，糠菜半锅水半锅，

煮的是泪和怨；

后三十年，米满缸油满罐，

好日子天天往上蹿。

人过古稀，

手脚不听使唤，

推不动磨，

搬不动碾，

麦粒煮着吃，

蔬菜整根咽……

长此以往，

身子骨儿一天不如一天。

谁想村里办了老年饭桌，

一日三餐有人管——

不用碾米，

不用磨面，

有人炒菜，

有人刷碗，

吃饱喝足一甩手，

打开电视尽消遣。

这就叫福——

"三饱一倒"比舒坦。

　老哥们儿喊冤——

前半辈子苦，苦到了极限；

老姐们儿点赞——

后半辈子甜，甜到心尖尖。

老哥老姐们儿齐声说，

照这样下去，咱能再活两百年！

老两口儿坐飞机

一杯茶还没喝见底，

眨眼回到家里。

老两口儿，

美得不识南北东西。

活了一辈子，

饱经风霜雪雨，

坐过牛车骑过毛驴，

没想到老了坐上飞机。

怎能忘，坐着牛车进婆家，

没有嫁妆没彩礼，

拜完天地就下田，

汗珠伴泪滴……

老媪诉衷肠，

边说边抽泣。

忘不了，四十岁不知啥叫蜜月，

天天三更起，

赶着毛驴运庄稼，

受惊吓，被驴踢断腿……
老汉忆当年，
边说边落泪。
今天咱赶上了，
好日子甜如蜜。
咱要养好身子，
再活他一个古稀。
盼那天咱坐上飞船，
到月球与嫦娥谈天说地！

澡堂子开业了

清晨，太阳还在睡梦中，
街上的喇叭响不停：
村里的澡堂子开业了，
男女不限，统统欢迎！
紧接着，村支书讲话：
建澡堂子是乡村振兴的一项内容，
没什么羞，没什么臊，
大大方方泡轻松，
身上几十年的黄土泥，
咱一次把它洗净！
喇叭声刚停，
柳树沟顿时沸腾——
姑娘搀着老娘，
小伙儿推着老翁，
且走且停，
谈笑风生。
老娘说，锅台边转了一辈子，

身上的油烟一层层，

天天撩起衣服擦，

烟味儿擦不掉，油泥洗不净……

老翁讲，粪土里滚了一辈子，

没听说过啥叫卫生，

累了一天谁还管泥和汗，

一觉睡到天明……

你说苦他讲冤，

姑娘小伙静静听，

混沌日子混沌过，

到头来落得全身病。

看今朝，新农村处处新气象，

现代化设施陆续建成。

今天又开放澡堂子，

圆了乡亲们几十年的洗澡梦。

瞧，澡水热腾腾，

池子里跳动着欢乐的人影。

刹那间，陈旧的污垢一扫而光，

乡野俗民袒露出漂亮的真容……

"村晚"

月亮挂在中天，
锣鼓敲了三遍，
柳树沟沸腾了，
开始了一年一度的"村晚"。

村支书没讲话，
村委会主任没发言，
小学校一群娃娃，
上台朗诵诗篇。
先夸家乡柳林绿，
再表柳河淌甘泉。
一桩桩，一件件，
夸不够，表不完。
接下来乡亲们走上台，
自编的节目自己演。
瞧，刘大爷要飞叉，
耍得人们眼花缭乱，

先要个"怀中抱月",

再要个"苏秦背剑"……

招招见功底,

好看又惊险;

听,李大娘独唱,

唱完"清凌凌的水",

再唱"蓝格莹莹的天",

边唱边舞,

忘了自己是"三寸金莲"。

老人演完青年演,

连刚过门的媳妇儿也心不甘——

演个《科学种田》小品,

再演个《孝敬公婆》三句半……

一个节目比一个节目精彩,

欢笑声迎来又一个新年。

月牙儿挂西天,

柳树沟正进行"村晚",

好个新农村图景,

一幅和谐幸福的时代画卷!

乡村运动会

秋粮打净，

秋播完毕，

一年一度柳树沟体育运动会，

迎着秋风开启。

早就憋足了气，

早就攒足了力，

赛场上一比高下，

夺他个多项第一。

没有制式器材，

不见看台座椅，

众乡亲席地而坐，

男女老少高低不齐。

这边，中年妇女组正比养生瑜伽，

地上铺的是柳席。

仰卧，起立，

弯腿，展臂，

一组组做——

认真到位；

一节节比——

身心合一。

那边，老年组正比陈氏太极，

领队的是村委会主任和党支部书记。

瞧，这是"野马分鬃"——

重心右移、收臂展屈；

那是"白鹤亮翅"——

跟步抱球、缓慢转体……

有刚有柔，

刚柔相济。

刚——强劲有力，

柔——轻灵细腻。

最热闹的是小学校操场，

"村BA"打得硝烟四起。

那是老支书出的点子，

他说，国家打"CBA"咱搞个"村BA"！

这点子最受姑娘小伙儿欢迎，

六支球队很快组建起。

你看，球场上争得多凶，

你抢他争，攻防迅疾。

抢——抢他个人仰马翻，

争——争他个我高你低……

观战者脸盆铁锅敲得山响，
呼号声震天动地，
树梢摇动为运动员鼓掌，
百灵鸟飞来为运动员歌唱……
太阳躲进西山，
月亮东方升起，
柳树沟体育运动会落幕了，
人人抱得奖品回。
若问都奖了啥，
品种太多规格不一：
有的是铁锹铁镐，
有的是锄头耕犁，
有的是脸盆饭碗，
有的是扫地笤帚喷雾器，
还有"溜达鸡"蛋，
"黑毛猪"蹄，
黄瓜豆角西红柿，
自制饮料一提提……
运动员们说，
其实得不得奖没关系，
重要的是强身健体，
享受田园诗意！
啊，柳树沟的体育运动会，

热闹，精彩，神奇，有趣。
比出了文明和谐，
比出了新农村活力；
赛出了精气神儿，
赛出了团结友谊……
看明朝，乡村振兴又推进一步，
民族复兴又缩短了一段距离！

广场舞会

月儿梢头挂，
风儿轻轻刮，
村边打麦场上，
聚来一群大爷大妈，
身上穿红戴绿，
手拿绸扇一把，
老年广场舞会，
在紧锣密鼓中开始啦！

李大爷来得早，逢人把话搭：
旧社会餐风饮露土里刨食，
毁了一嘴牙。
儿子带咱城里镶满口，
如今吃啥都不怕。
咱跳广场舞为的是练腿脚，
还想着田间比高下。
张家大妈挥双手，
天生嗓门儿人：

围着锅台转了一辈子，
腰转弯眼转花。
闺女说生命在于运动，
广场舞队要参加，
把身子骨练结实，
带咱坐飞机游天下。
咚咚咚，嚓嚓嚓，
大妈舞姿婀娜，
大爷动作潇洒。
姑娘小伙儿躲在麦垛旁看，
比着劲儿夸自家爹妈。
小伙儿夸妈告诉她——
这样的婆婆日后待媳妇儿不会差；
姑娘夸爹提醒他——
这样的丈人保证疼女婿疼到家……

北风轻轻刮，
月儿西下，
广场舞会结束，
散去一群大爷大妈。
你扶着我，我牵着她，
边走边笑把话拉。
瞧那红扑扑的脸膛，
漾着蜜汁，甜着心花……

杀年猪

腊月二十三小年刚过，
猪叫声把柳树沟淹没，
那是家家杀年猪，
鲜肉味儿满沟飘落。

半夜醒来添食，
五更起来絮窝，
辛苦了三年多，
就为了这个时刻。
想当年，泪水拌糠菜，
捧着破瓢讨生活，
睡梦里吃大肉，
满嘴流油进破被窝，
梦醒不敢睁开眼，
生怕嘴里的肉掉落。
现如今，好日子甜如蜜，
大人小孩子比着乐。

养猪不为换钱，
自产自销享受生活。
乡亲们说，亏了肚子几十年，
今天要将功补过。

腊月二十三小年刚过，
欢笑声把柳树沟淹没，
家家忙着杀年猪，
户户唱起幸福歌！

老年"低头族"

走南闯北，
见多了轶事奇闻，
到柳树沟才知道，
"低头族"不全是年轻人。
那里的老人很潮，
智能手机玩得特神。
他们关注公众号，
入群用微信。
聊语言，看新闻，
传照片，发视频，
手脑耳并用，
忘了是花甲古稀人。

那个大国南海闹事，
那个邻国东海挑衅，
推行"亚太再平衡"，
叫嚷"中国威胁论"。

老人们看了新闻互相聊，
越聊越气愤，
拳头攥得嘎嘎响，
额头冒青筋：
祖国领土神圣不可侵犯，
保家卫国童叟不分，
谁敢动咱一草一木，
俺们豁出老命和他拼！

张家姑娘在国外读书，
李家儿子北疆守国门，
三年两年见不上面，
想煞耄耋双亲。
盼了秋天再盼春，
盼得夜里泪湿巾。
如今不再愁，
啥时想孩儿发视频，
三天两头见面，
你向我问好我给你鼓劲。
那个幸福滋味，
像喝了蜜甜透心……

聊语言，看新闻，

传照片，发视频，

互联网上任驰骋，

小屏幕里大乾坤，

世界变小了，

同住地球村，

国与国相敬，

人与人拉近。

十四亿国人携手往前奔，

新长征路上再打拼！

第二辑　绿水青山

村边的小河

村边的小河，
唱着欢快的歌绕村而过，
从遥远的大山来，
流向奔腾入海的另一条河。

奶奶说，小河是咱们的贵人，
虔诚地把乡亲们辅佐——
那年天破了洞，
大雨像瓢泼，
洪水却顺着小河流走了，
没给乡亲们留下灾祸；
多少荒年旱月，
远处的田地冒火，
咱村的庄稼喝饱了小河水
依然有沉甸甸的收获……

爷爷说，小河是咱们的恩人，

见不得乡亲们受欺凌压迫——
那年鬼子进村，
烧杀抢掠无恶不作，
老人带着孙儿逃进山，
年轻人抄起家伙。
小河也被激怒了，
涌起滔天大波，
掀翻了小船，
硬是把几十个鬼子吞没……

村支书说，小河是咱们的亲人，
送走多少青年参军报国——
那年三个后生顺流而下，
到一座小岛上扎根拼搏，
战波峰浪谷，
斗潮起潮落。
五年多海风洗礼，
两千天海浪雕琢，
三个普通农家孩子，
成了顶天立地的海疆保卫者……

村主任说，小河是咱们的友人，
串起沿岸十几个村落——

朝着一个目标和梦想，
共同发力，相互切磋，
科学种田，
新办法管理秋收冬藏春播，
注重环保，
坚定绿色发展建设，
反腐倡廉，
条条举措预防腐败堕落……

哦，村边的小河，
懂天懂地懂你懂我，
好一个高产摄影师，
把小山村的历史记录在册。

摆渡船

一叶小船，
停泊在柳河边，
一老者站立船头，
柳条蓑衣披在肩。
不论天气冷暖，
不管风雨雷电，
迎送八方宾客，
行走波谷浪尖。

自打城镇化建设提速，
柳树沟变化万千——
柳枝摇曳，
绘出无数美篇，
柳叶滴翠，
染绿朗朗春天；
那片制式大棚，
阳光下似飘动的云烟，

云烟下藏着千军万马，

有动有静，有酸有甜；

村东那片湿地，

是柳树沟的生态园。

看！鱼翔浅底，花香四季，

最美要数秋菊、玫瑰、牡丹；

村西柳编合作社，

从早到晚热闹非凡，

飞刀割柳，打底收帮，

似魔术师出手瞬间；

最惹眼的是农耕博物馆，

老物件装得满满，

解说员深情介绍：

这是煤油灯，那是土罐罐……

今日柳树沟，

似一块调色板，

赤橙黄绿青蓝紫，

把小山村打扮得分外妖艳。

老者摇着小船，

把游客接进村送对岸，

丰富了晚年生活，

更是为新时代加油呐喊……

村里来了画家

一身布衣，一头白发，
一本画夹手中拿。
乡亲们前呼后拥，
欢迎城里来的画家。

画家美院毕业，
擅长画人物、山水、家禽、鱼虾，
这次到柳树沟写生，
说是为全国美展作画。
他进村后，
饭顾不上吃，汗顾不上擦，
一会儿钻进柳林，
一会儿跑坡上坡下；
今天扎进蔬菜大棚，
明天走访小康人家。
他说，要想画得生动感人，
必须亲身感受亲自观察。

在柳林，他画"溜达鸡"——
一会儿啄食、一会儿追打，
还时不时搞百米赛，
柳树为它们评判优差；
他画"黑毛猪"——
鬃亮、膘肥、体大，
柳林里穿梭，
似坦克在丛林地冲杀；
在坡上，他画老农耕地——
一手握鞭，一手扶犁铧，
鞭梢一甩脆响，
惊得鸟儿叫喳喳；
他画"荷塘月色"——
水上荷花艳，水下跑鱼虾，
荷叶间小船游荡，
欢笑声激起朵朵浪花……

画呀画，画出孩子的笑脸，
画出大人想说的心里话；
画呀画，画不尽新农村美景，
画不完社会主义道路五彩云霞……

诗意街巷

远山——葱绿亮眼，
近水——波滚浪翻，
柳树沟村，
镶嵌在山水画间。
那是天成仙境，
无须人工雕琢打扮，
走进村里再看，
大街小巷又是另一种洞天。

你瞧，街巷墙上的涂鸦彩绘，
新颖、稀奇、漂亮、惊艳，
村里的人村里的事，
都在画里边——
那是耕田的大伯，
高举着牛鞭，
一声脆响，
泥土香味空中弥漫；

那是纺线的老妪，
盘腿坐在院中间，
不停地摇啊摇，
纺车里吐出一条长长的线；
那是小丫姑娘，
挎个相机满村转，
拍了柳林拍柳河，
真山真水拍个遍；
那个过门不久的兰草，
街心摆了个小吃摊，
"会飞的鸡"汤配柳菇，
自栽的小葱自种的蒜……

啊，街上的涂鸦组画，
多新颖好美观，
自编自画自排版，
不管美丑不怕笑谈。
乡亲们说，自己的梦自己做，
自己的饭碗自己端，
为了柳树沟快速发展，
我们动手动脑为自己代言！

一日游

粉红的花墨绿的柳，
填满了柳树沟，
村边的那条小河，
日夜不停缓缓东流。

鲜花绿柳，小桥流水，
坡上坡下，村前村后，
一幅天然水彩画，
着实亮人眼球。
于是，柳树沟成了网红打卡地，
不分冬夏，不论春秋，
四面八方的游客，
纷至沓来享受。
你看，柳枝风中摇动，
那是向宾客频频招手；
你听，那柳枝碰撞发出声响，
那是向宾客热情问候。

看了山，玩了水，

赏了花，观了柳，

寻着香味走向农家乐，

尝尽美食接着游。

瞧，林下柳菇、"溜达鸡"蛋，

外加林中"黑毛猪"肉，

柳树沟的标配主打，

色香味兼顾，看一眼口水直流。

离开时，装满了大包小包，

恨不得把整个柳树沟装走，

说是好吃好看好玩，

其实是想学着柳树沟的样子走。

柳树沟一日游，

饱了游客的口福，鼓了乡亲的钱兜兜，

乡村振兴新业态，

民族复兴正招手！

护鸟站

在柳河边，
在柳林间，
立着几座简易板房，
那是柳树沟村的护鸟站。

这里有十名护鸟志愿者，
都是村里的男女青年。
他们不要报酬，
两人一组轮流值班。
白天，望远镜里观鸟，
仔细辨别认真清点，
看树尖的鸟巢牢不牢，
湿地里又添多少新成员；
夜里，他们沿大路小径巡逻，
一遍接一遍，
看有没有恶兽出没，
打扰鸟儿们睡眠。

雪天，他们为鸟儿投食，

生怕断了鸟儿美餐；

雨天，他们送坠地的鸟儿归巢，

为刚破壳的雏鸟撑伞……

啊，好个护鸟站，

肩负光荣的护鸟重担；

好个护鸟志愿者，

天人合一忠诚实践。

有了你，有了你们，

才有今天的鸟儿乐园。

瞧，那些白天鹅、黑卷尾、黄头鸭，

那些海鸥、金雕、苍鹭，

时而翘首远眺，

时而结队盘旋；

看，那些灰鹤、鸬鹚、伯劳、大鸨，

那些禾雀、苇莺、麻鸭、黑鹳，

时而翩翩起舞，

时而求偶爱恋……

啊，柳树沟的护鸟站，

万绿丛中红一点。

放眼中华大地，

好一派大美河山！

水果墙

一篓篓，
一筐筐，
一堵水果墙，
垒在国道旁。

柿子淌蜜，
甜瓜飘香，
板栗榛子肉肥，
苹果李子挂霜。

蝶儿绕着荆篓舞，
蜂儿采蜜满柳筐。

怎么这么甜？
为啥这般香？
深翻土地勤除草，
浇水捉虫紧跟上，

从早忙到晚，
汗水洗脊梁。

过往的朋友歇歇脚，
莫急赶路回家乡，
看看咱柳树沟的美景，
品品咱山里人的小康！

农家院

房顶装着太阳能，
墙上写满了幸福梦，
自来水管伸进屋，
门前百花戏群蜂。

叮叮当当炒勺响，
香味钻鼻孔。
绿的是农家有机菜，
红的是闸蟹肥又重。
宾客天天爆棚，
满院点赞声声——
老人说，吃的合乎口味，
年轻人讲，住的干净卫生……
又忙了一整天，
全家人歇息在院中。
时尚的茶几时尚的凳，
八十寸彩电纯液晶。

小两口跷腿坐，

有说有笑好轻松，

一个点节目，

一个管遥控，

看了全国大好形势，

再看"一带一路"欣欣向荣。

丈夫高兴得忘了嗑瓜子儿，

媳妇感动得忘吃手中的冰激凌。

再看一旁的老两口，

似睡非睡似醒非醒，

品着茉莉花茶，

摇着蒲扇把歌哼，

唱一首《没有共产党就没有新中国》，

哼一曲《八月十五月儿明》。

夜深，人静，

百鸟入林，微风拂动，

好一幅新时代《清明上河图》，

又一夜甜甜的梦……

农耕博物馆

村子拆迁，
留下一个小院，
张老汉买下院中十间平房，
办了个农耕博物馆。

自打有信儿搬进楼房，
张老汉终日食无味夜不眠——
那些散落在各家的农耕器具，
不分材质无论贵贱，
都散发着泥土气息，
浸泡着农人的血汗。
纵是现代化了，
可不能将它们扔掉抛远。
他突发奇想——
把它们集中起来办个博物馆。
于是，他东家走西家串，
墙角里搜柴垛里翻。

于是，那些镰刀锄头，

那些犁杖木锨，

那些簸箕马灯，

那些石磨石碾……

那些熟悉又陌生了的家什，

走进了老屋供人们参观。

老人们看了它，

沉思良久浮想联翩；

孩子们见了它，

了解了历史认识了祖先；

城里人瞧了它，

懂得了粒粒粮食来之艰难……

它们，纵是一盏盏干枯的油灯，

却依然散发着光亮闪闪。

哦，张老汉的农耕博物馆，

功高无量意义深远，

它唤醒了一个民族的记忆，

托举起一幅壮美的时代画卷！

农具颂

在柳树沟村的农耕博物馆里，摆放着上千件古老的农耕器具。这些早年农村的劳动工具，如壁画似图腾，映照着农民田间辛勤劳作的身影，记录着农民为祖国繁荣富强付出的血和汗。

犁 杖

曲背弓腰，
却是劳动英雄，
埋头耕耘，
开拓希望，
拽出沉甸甸的收成。

扫 帚

柔柔的幼苗，
长长的把柄，

尽情地挥洒，
扫来富裕，
扫走贫穷。

石　夯

随着号子响，
石夯上下翻腾，
嘿哟！嘿哟！
夯实生活的底蕴，
夯出农家的美景。

簸　箕

几排柳条作纬，
几排柳条作经，
簸出一个个瀑布，
尘糠顺径而下，
精华留在纬中。

碌　碡

一声声低，

一声声高，

伴着月光吱扭扭叫，

一遍遍轧，挤干泪水，

一圈圈滚，追着温饱。

铁　镐

生来强悍，

专向坚硬挑战，

不折不弯，

任凭火花四溅，

忠于主人，直至身躯重残。

扁　担

倚仗肩的支点，

颤悠悠舞在田间，

一头挑着汗水，

一头担着夙愿，

汗水换来丰收，

夙愿流淌甘甜。

镰　刀

你的头颅如一牙弯月，
你的身躯似一杆金色的枪，
跳跃着把原野丈量，
稻谷小麦是你的俘虏，
米饭馒头是你的奖章。

马　车

伴着响鞭，
胶皮轱辘飞转，
马儿嘶鸣，画出两条平行线，
起点——苦涩，
终点——甘甜。

赶大集

披着晨雾，
追着黎明，
肩扛手推，
脚步匆匆，
柳树沟大集，
把十里八村搅醒。

看，人头攒动，
摩肩接踵，
满沟欢笑，
满沟美景，
吆喝声此起彼伏，
讨价还价你呼我应。
这边，干果品种齐全，
蔬菜鲜嫩水灵，
鸡蛋鸭蛋个大皮薄，
刚煮的牛羊肉热气腾腾。

那边，各种农资琳琅满目，
有老物件也有新品种——
割麦用的镰刀铲草的锄，
盛粮的筐箩蒸馍的笼，
柳木风箱柳木盆，
各色花布灯芯绒……
大妈弯腰选蔬菜，
大伯农资摊前笑出声，
小伙儿买了双新皮鞋，
姑娘挑了件新羽绒……
转了东沟转西沟，
逛了一程又一程。
卖光了，买足了，
重的变轻，轻的变重。
一碗时令小吃下肚，
擦掉汗珠子又启程。

摩肩接踵，
人头攒动，
满沟欢笑，
满沟沸腾，
柳树沟大集，
色彩真美，气氛好浓……

民　宿

一个不算大的庭院，
两排新翻修的老屋，
宽敞，明亮，古朴，
那是柳树沟第一家民宿。

城镇化建设加快，
柳树沟变化天翻地覆——
清清的柳河水，
倒映着天上白云两岸绿柳。
看，那是收秋的男女，
镰刀锄头轮番飞舞，
"遍地英雄下夕烟"，
呼号声震落了脸上的汗珠；
土坡上晒太阳的老人，
怡悦，安逸，自如，
大爷哼着梆子腔，
大妈扭着秧歌步；

听，谁不说俺家乡好，
嘚哟咿哟……
那是柳编合作社传出的歌声，
委婉，甜蜜，浑厚；
爱祖国爱人民，
尊老爱幼……
那是小学校的孩子们读书声，
清脆，真挚，专注……
好山好水好景致，
民风民韵数一流，
引八方来客观光，
于是诞生了第一家民宿。
现如今，民宿几次升级，
全村发展到几十户，
游客吃好玩好休息好，
社会主义建设劲儿更足。

啊，农家乐——
柳树沟的新业态，
啊，民宿——
农民脱贫致富的阳光路！

影视墙

村中央小广场，
有个影视墙。
那是光纤进村后的产物，
乡亲们休闲的地方。

不论春夏秋冬，
不管白天晚上，
影视墙滚动播放，
有人有景有声响——
回顾乡亲们苦难的过去，
展示柳树沟今日的辉煌。
传达党中央方针政策，
表彰村里的劳模榜样。
其间插播革命歌曲，
时不时还有京剧梆子腔。
瞧，那满头白发的大爷大妈，
乐开了花拍红了掌；

姑娘小伙儿晚上来看，
白天他们拼搏在各自的岗位上……
啊，影视墙，
乡亲们休闲的地方。
不，那是柳树沟的思想阵地，
村主任、支书紧紧抓住不放，
播什么内容他俩一起商量，
重大新闻安排在头档……

啊，影视墙，
何止乡亲们休闲的地方，
分明是红色教育基地，
为柳树沟指引着前进方向……

快递小哥进村来

在职业分类大典中，
赫然写着你们的大名——
快递小哥，
可爱又动听。
你们是活跃在城乡的流动大军，
车轮上演奏青春激情；
你们是"最后一公里"的实现者，
把商家与客户紧紧联通。
瞧，线下车轮飞转，
线上流量滚动，
城乡牵手，
别样骑士万绿丛中一点红。
购得的农资靠你们运来，
卖出的土特产靠你们外送；
在外打拼的姑娘小伙儿，
村里守巢的老媪老翁，
靠你们传递爱，

靠你们维系情。

啊，快递小哥，

高尚的职业美丽的名，

顶风冒雪，

送夏迎冬，

轻拿轻放，

守时守诚。

微笑是你们的名片，

热情是你们的品性，

你们用汗水浇灌文明之花，

用心血滋养互联网经济发展繁荣……

牧羊曲

柳河，青山，
柳林，草甸，
人称"天然氧吧"，
燕山深处的"桃花源"。
在青山下，在柳河边，
飘动着白云一片，
随着悦耳的乐曲声，
一会儿向北一会儿向南。

啊，那是柳树沟的羊群，
在氧吧里休闲。
牧羊师是位花甲老人，
那装束倒像是城里的时髦青年——
一辆雅马哈摩托是他的坐骑，
一台平板电脑是他的"牧鞭"，
网上指挥着"千军万马"，
定时出圈，定点回栏。

关于养殖，

牧羊师有他的理念，

配种、接生、喂养、防疫一体化，

严把三关：

哺乳期——

——照料，定期体检；

断乳期——

加强管理，营养配餐；

育肥期——

适时转场，草料新鲜……

科学养殖，

为柳树沟换来盆满钵满。

想从前给财主家放羊，

牧羊师至今还心惊胆战——

清晨赶羊出圈，

傍晚收羊回栏，

一出去就是一天，

不分冬夏，不管冷暖。

渴了喝口柳河水，

饿了嚼棵嫩草尖。

暴风雨伴着他的泪水流，

暴风雪凝固了他的血液，

血丝斑斑填满了他浑浊的双眼，

伤痕累累写满了他的人生卡片……

想从前看今天，
天翻地覆两重天。
牧羊师说，只要我还有一口气，
牧羊曲就永远唱不完。
不为别的，一是感恩共产党，
让咱放羊倌有了尊严；
二是为社会主义建设，
咱要多加一块砖！

荷　塘

柳河边，
荷塘一片，
那是柳树沟的网红打卡地，
每日人山人海闹翻天。

春季里三遍春风吹过，
水面冒出一把把"小伞"，
微风中轻轻摆动，
欢迎游客前来参观。

夏季里一场小雨淋过，
荷叶上水珠串串，
阳光照上去，
反射出金星闪闪。

秋季里一层晨雾笼罩，
粉红色荷花张开笑脸，

面对游客的"长枪短炮"，
它们亭亭玉立典雅自然。

冬季里的荷塘，
收起美丽容颜，
默默孕育优质果实，
捧给千家万户美味大餐。

啊，柳河边那片荷塘，
远近闻名的"桃花源"，
醉了八方游客，
溢了乡亲们的钱罐罐。

第三辑　创新发展

人才公寓

灰的瓦白的墙，
通透的玻璃窗，
一栋两层小别墅，
静卧在柳河旁。
白天屋里空无一人，
晚上整个楼宇灯火辉煌。
啊，那是柳树沟的"最强大脑"，
各路人才集聚的地方。

五年前，老书记带人外边走了一趟，
心里边豁然开朗——
黄土里滚了大半辈子，
力没少出汗没少淌，
到头来乡亲们还是受穷，
今天才知道科学技术是治穷的良方，
于是筹资建起"人才公寓"，
筑起"暖巢"，广引"凤凰"。

于是，本村的大学生回归故里，
城里的"千里马"落户山乡。
你瞧，那些"黑毛猪""会飞的鸡"，
那些柳菇柳筐；
你看，那些水蜜桃吊秧瓜，
那些反季节果蔬无公害粮，
都是技术团队的杰作，
都出自"最强大脑"高智商。

于是，柳树沟的新业态越来越多，
公司、基地、合作社茁壮成长，
你瞧，集体经济逐年跃升，
忙得会计天天加班记账；
鼓了村民的钱袋子，
家家买汽车盖新房。
干部群众三天两头跑小别墅，
送的锦旗感谢信盖满一面墙。

灰的瓦白的墙，
通透的玻璃窗，
柳河旁的那栋小别墅，
各路人才聚集的地方。

与其说她是柳树沟的"最强大脑"，

带领着全村奔向小康，

不如说——

她就是柳树沟的"提款银行"！

生态安葬

山坳里，

一片花坛几排青松，

花坛百花盛开，

青松碧翠坚挺。

这不是旅游景点，

也不是谁家院庭，

那是柳树沟生态安葬地，

每株花树下都安放着一个逝去的生命。

四十年前改革开放春风起，

把柳树沟人唤醒：

人口大国耕地如此珍贵，

为什么死后还把资源占用？

给子孙万代留下一方田园吧，

响应国家号召来一场殡葬革命！

党支部开会讨论，

老书记老党员第一批在倡议书上签名。

新党员向老党员看齐，

跟上来的是普通百姓。

从此村里再没有土葬，

骨灰上种一株花栽一棵松。

几十年过去了，

生态安葬成了各家各户自觉行动。

再看那片荒野山坳，

一座"生态陵园"已经成型。

每逢先人忌日，

每到寒食清明，

再不见纸钱冥币漫天烧，

也听不到凄迷伤感恸哭声。

这边，伴着一股股花香，

飘来故人生前最喜欢的歌声；

那边，一家人围在一棵树前，

把准备好的悼文朗诵……

他们说，这飘逸的香气，

是我们给先人的馈赠；

那松涛声声，

是先人对我们的叮咛……

啊，新型的"花葬""树葬"，

一场殡葬革命！

你是历史的进步，

你是文明的象征。

你让逝者——

得到慰藉，坦然前行，

你让生者——

多了一分释然，少了一分沉重！

厕所革命

两片篱笆，

半截矮墙，

这就是当年柳树沟的茅厕，

迎送半街人来往。

女人来得慌张，

男人去得匆忙，

头碰头，脚跟脚，

没人脸红，没人异样，

习惯了呀，

千百年来就是这个景象。

城镇化建设带来契机，

柳树沟人思想霎时解放：

来一场厕所革命，

彻底丢掉陋习树起新风尚。

于是，群策群力建起了男厕女厕，

"第三卫生间"也同时亮相。

瞧，水泥铺地，

瓷砖贴墙，

无尘无味整洁，

通风通气亮堂。

好个设备齐全的新农村公厕，

跟城里比没什么两样。

乡亲们说，环境美生活才美，

城镇化建设不能做表面文章，

要统筹生产生活生态布局，

夺他个全面达标的小康！

柳编合作社

靠山吃山，
靠林吃林，
柳树沟，
柳条成了聚宝盆。

场打净，粮入囤，
树上的喇叭声声紧：
柳编组集合了，
带好家什快上阵，
把今夏的水灾损失补回来，
从冬三月里淘金！
村支书说完村主任讲，
意切又情真。

刹那间，
合作社大院坐满了人。
姑娘小伙儿手脚麻利，

大爷大妈动作沉稳。

小伙儿编只兔子抱白菜，

姑娘编朵梅花喜迎春，

大爷编个锦鲤篮子里游，

大妈编个喜鹊篮沿儿上蹲……

李老汉独自坐墙角，

两眼泪涟涟：

当年编个柳条筐，

东讨西要度光阴，

财主家放狗咬断了腿，

鲜血满身泪满巾。

今天想起来，

心仍发颤，头仍发紧。

刘家媳妇嗓门大，

险些震破玻璃门：

去年编篮丰收了，

百元票子分几斤。

婆婆给咱添了新首饰，

说是多劳多得算奖金。

公公还说，今年编篮赚了钱，

让咱丝绸之路去散心。

看，刀子上下翻飞，
光闪闪划出鲤鱼跃龙门；
听，剪子咔咔作响，
剪断了串串过往的伤痕。
编呀编，
编出了金编出了银，
编出了沉甸甸的小康，
编出了金灿灿的春。

树上的喇叭声声紧，
乡亲们抱团表决心——
为着民族复兴，
柳树沟人甩开膀子向前奔！

秋

古人测天观万物，
总结出春夏秋冬世代严守，
柳树沟村却不分四季，
一年只有秋。

北国的春季，
虽景色撩人百鸟啾，
却微寒料峭，
原野光秃依旧。
此时的柳树沟大棚里，
早已百花争艳百果并秀，
主人高唱《在那桃花盛开的地方》，
收获着沉甸甸的秋。

北国的夏季
艳阳高照酷暑如煮，
原野上热浪滚滚，

土地爆裂禾苗干枯。
此时的柳树沟大棚里，
百花争艳百果并秀，
主人高唱《在希望的田野上》，
收获着沉甸甸的秋。

北国的冬季，
冰封玉砌寒风刺骨，
人们坐等来年再战，
一个个"猫冬"在屋。
此时的柳树沟大棚里，
百花争艳百果并秀，
主人高唱《甜蜜的事业》，
收获着沉甸甸的秋。

柳树沟不分四季，
一年只有秋。
大棚富了农家，
淌蜜的秋在柳树沟永驻。

林下经济

　　集体林权制度改革后，柳树沟以本村宿生柳林资源为依托，大力发展林禽、林畜、林菌等林下经济，有效加速了脱贫致富的步伐。

捡鸡蛋

太阳照进柳尖尖，
露珠亮闪闪，
一队人马出了村，
柳林里捡鸡蛋。

新来的大学生"村官"，
有勇有谋有胆，
柳林里放养"会飞的鸡"，
说是多种经营广开财源。

看，满坡的小精灵，

搅醒了沟搅醒了山，
吃草籽捉树虫，
树上飞坡上蹿。
这边，一对一单打，
那边，群斗正酣。
好一个天然"武馆"，
隐藏着一批特殊运动员，
练肥了胸肌练粗了腿，
产蛋翻几番。

捡蛋的乡亲们，
喜一半忧一半——
忧的是，想从前，
苦日子像黄连，
一天十遍掏鸡窝，
三天捡不回一个蛋，
老人病了舍不得吃，
孩子馋得口水咽，
攒够一瓢换回盐，
拌着糠菜度荒年。
李家奶奶说，
那年月，母鸡是一家的钱罐罐。
喜的是，看今天，

舒心的日子比蜜甜，

粮满缸油满罐，

煎炒烹炸随意选，

一日三餐讲究营养，

食谱贴在灶台边，

鸡鸭鱼肉天天有，

山珍海味不稀罕。

张家大爷说，咱眼下捡的不是蛋，

是银元！是金砖！

山这边村支书呼：

快捡快捡，

山下的客户等装车，

城里的超市催了三遍；

山那边村主任唤：

快捡快捡，

会计来电话，

刚才又收到一打订单……

火红的太阳要进山，

洒下晚霞一片，

捡蛋的乡亲们，

顾不得喝水擦汗，

一起一伏忙碌在林间，
欢声笑语响遍山——
快捡快捡，
捡起满筐幸福！
快捡快捡，
捡起小康梦圆！

采柳菇

挺着胸，
昂着头，
一片片，
一簇簇，
柳树沟的绿色食材，
远近闻名的柳菇。

前些年，村里来了几位专家，
在柳林里吃住，
上百个日出日落，
研究出这个菌类新族。
你看，多像姑娘举一把小伞，
亭亭玉立在柳树根部。
粉红色的菌盖像娃娃的脸，

圆润润，红扑扑；

笔挺的菌柄像娃娃的腿，

娇嫩嫩，肉嘟嘟。

高光的食材不仅畅销全国，

还把五大洲光顾。

每天从早到晚，

村公所就像作战指挥部，

订货的微信看不过来，

催货的电话震破了屋。

尽管全村出动采摘，

依然供不应求。

急得支书直跺脚，

愁得村主任睡梦里哭。

没法子，只好买一批机器人，

帮着采摘、分拣、装箱、过数……

奋斗的双手，

滚烫的汗珠，

换来家家户户钱包鼓，

柳树沟成了全县纳税大户……

一片片，

一簇簇，

挺着胸，

昂着头，

绿色的柳菇啊，

柳树沟村的金山银库！

养黑猪

一群群，

一帮帮，

欢快灵巧，

黝黑闪亮，

一会儿从林里跑到林外，

一会儿从沟下蹿到沟上。

那是柳树沟的"黑毛猪"，

撒欢儿柳林场。

茂密的柳条是它的棚圈，

林中的野草野果是它的食粮，

不用人喂，

无须人放，

一声哨响，呼啦啦散开，

争先恐后奔向赛场；

两声哨响，神速班聚拢，

静听"首领"部署攻防。

一次次散开又聚拢，

一天天吸氧嗅花香，

练得四肢刚劲有力，

养得通体平衡安康。

因此，你的肉质分外鲜嫩细腻，

蛋白质丰富氨基酸多样……

欢乐灵巧，

黝黑闪亮，

一群群，

一帮帮，

柳树沟的"黑毛猪"，

脱贫致富的又一主打强项。

带货直播

看看咱村的柳条编，
瞧瞧咱村的柳芽馍，
品品咱村的林下蛋，
尝尝咱村的林中果。
买不买没关系，
走过路过千万别错过……
这是柳树沟村第一个电商，
小芹姑娘正带货直播。

想当初，柳编堆满库，
鲜果烂满坡，
急得乡亲们脚跺肿，
泪水泡眼窝。
自打互联网进了村，
乡亲们蹦着高儿乐。
小芹姑娘当了电商，
与外界联通天天直播。

从此，村里的特产不愁卖，
家家无存货。
乡亲们坐在炕头数票子，
数得腰酸腿疼手哆嗦，
夜里睡觉笑出声，
梦话装一车，
吓得花猫满屋窜，
"酒窝儿"里的酒洒了一被窝。

太阳高照，
燕雀高歌，
小芹姑娘正在直播，
旁边堆满了几十种山货。
时间与空间跨越，
虚拟与现实融合，
今日柳树沟村，
唱响了一曲数字云平台赞歌……

大棚趣事

柳树沟村的大棚里，活跃着一群年轻人，他们敢想敢干，科学种田，给村里创造了无尽的财富……

蜜蜂"打工"

嗡嗡嗡，
大棚里一群蜜蜂，
唱着欢快的歌，
飞来飞去忙个不停。

为何不去原野？
那里花开更盛；
为何不进山林？
那里花香更浓。
小伙子说：
这是我招聘来的"员工"，
用它们给花儿授粉，

省时省力，精准匀称。

你瞧，咱这儿的茄子黄瓜西红柿，

秧多旺果多重，

你摘一个尝尝，

保证个顶个香甜脆生。

大棚里一群蜜蜂，

飞来飞去忙个不停，

看似来这里采蜜，

其实是为大棚主人"打工"。

无土栽培

没听说过种菜不用土，

没看见过秧苗挂头顶，

柳树沟尽出新鲜事，

桩桩件件跌人眼镜。

看，偌大的棚子里，

一盘挨一盘，一层摞一层，

十几种菜蔬，

棵棵油绿株株水灵。

不用土不施肥不打药，

省时省力省工，
靠"营养液"生长，
用"基质"固定。
苗子健壮坚挺，
果实鲜嫩洁净，
节约了土地资源，
产量效果倍增。

啊，无土栽培，
年轻人智慧的结晶，
新农村一朵艳丽奇葩，
现代化的农业文明！

风机供暖

隆冬，
北国天寒地冻，
柳树沟的蔬菜大棚里，
竟是一派春秋景：
韭菜碧绿，
油菜水灵，
黄瓜滴翠，
番茄正红……

没有燃煤烧柴，

大棚里为啥暖融融？

主人一语道破——

回乡大学生桂花立头功！

多少回，她东奔西跑请教专家，

多少次，她做梦还在搞发明；

多少回，她加工零件扎伤手，

多少次，她高烧不退晕倒在大棚……

天道酬勤，

血染花红，

她硬是研究出一种机器，

电钮一摁便鼓出暖风。

从此大棚里昼夜恒温，

再不怕天寒地冻。

主人唱着《在希望的田野上》，

揽起一个个沉甸甸的收成……

水雾喷罐

偌大一个铁罐，

立在大棚一端，

罐里装满了水，

引出一条电线。

这不是用来浇地，
也不是烧水取暖，
而是用来喷雾，
滋养果蔬嫩鲜。

瞧，电闸一推，
满棚水雾弥漫。
这是回乡大学生小花的点子，
铁罐还是她垫的钱。
她说，课堂上老师讲过，
在校时还做过多次实验。
水雾滋养的果蔬，
秧苗茁壮果实新鲜，
省工又省力，
产量翻几番。

啊，偌大一个罐罐，
立在大棚一端，
一条电线相连，
神秘、新奇、耀眼。
柳树沟有今天的好日子，
党的好政策是关键。
要再总结一条，
那就是科学种田。

阳光村务

柳树沟有三个大家族，
三个大家族都姓柳，
由一根"裙带"串联，
相互称兄道弟姨娘姑舅。
过去村里大事小情，
三个族长一呼，
妥了，不管效果如何，
全村老少紧跟其后。

自从学了法，
村民们提高了觉悟：
集体的事人人都有发言权，
不能只听几个族长摆布。
于是，村委会成立了议事委员会，
成员有村民代表和党员干部。
从此，凡大事都要拿到议事厅商议，
三个族长列席只作顾问当参谋。

比如，大田种植该如何规划？
新老柳林该如何维护？
棚户区改造该如何设计？
修高铁占的地该如何弥补……
一桩桩议了又议，
一条条初定又否，
力求科学合理，
做到稳妥长久。

啊，集中智慧，
广开言路，
不偏不倚，
不亲不疏，
公开公正，
阳光村务。
议事厅议的是村事，
彰显的却是新农村的民主……

龙虎斗

一个生在解放初，
一个生在九〇后，
一个是新型农民，
一个是种田老手——
父亲与儿子，
一对龙虎斗。

父亲流转了五十亩大田，
每年吃喝不愁，
汗水浇灌出好日子，
引来左邻右舍羡慕。
儿子大学毕业，
一心回村展宏图，
嫌五十亩土地太少，
硬要向村委会流转千亩。
父亲不同意：
够吃够喝挺好，

干吗要冒尖出风头？

儿子反驳道：

俺回村务农不是求温饱，

是为了让小康走进柳树沟。

父亲又说：

五十亩地就够忙活的了，

一千亩需要多少人手？

儿子回答：

如今谁还弓背弯腰卖傻力，

机械化生产几个人就够。

快开春了，

儿子从地里挖走一袋老土，

说是请农科院专家化验，

按土壤成分选择种啥作物。

父亲火了：

净搞些花里胡哨，

误了春种会影响秋收……

一次次博弈，

一场场争斗，

败阵的总是父亲，

不，败的是观念落后。

春去秋来，
千亩大田喜获丰收。
老爷子望着金灿灿的粮食，
笑得浓眉抖：
这小子还真行，
俺服气！俺认输！

无人机喷药

似一只五彩蜻蜓，

盘旋在柳树沟上空——

一会儿向西，

一会儿向东，

一会儿拉起，

一会儿俯冲。

那不是解放军演习，

也不是外星人到地球旅行。

那是柳树沟新买的无人机，

正在给农田喷药为柳林灭虫。

生活富裕了，

乡亲们总想着清闲、轻松。

于是，村里先后购进部分机具，

一些农活不再"刀耕火种"：

碾米磨面——电闸一合缸满囤流，

播种收割——油门一踩虎跃龙腾……

唯有喷药保苗护林防火，

既危险又费工。

村干部一合计，

现代化农业要有实际内容。

咱买几架无人机，

干就干他个天马行空！

就这样，机械化全覆盖，

柳树沟放了一颗耀眼的星。

一会儿向西，

一会儿向东，

一会儿拉起，

一会儿俯冲。

无人机在空中盘旋，

又一个新农村在燕山深处诞生。

第四辑　风清气正

第一书记

那年腊月初一，
传来一个好消息——
上级关心柳树沟村，
给他们派个第一书记。
没想到还没破五，
第一书记就来到村里。
她说，趁乡亲们正度年假，
早点儿过来熟悉熟悉。

看她，白天走街串户，
晚上召开"两委"会议。
走家串户——听取群众意见，
晚上开会——商议规划拿出决议。
接下来，她狠抓党组织建设，
提高"两委"执政能力；
推动精准扶贫，
落实项目扶智扶技；

增强自身造血功能，

发展壮大集体经济；

办好为民实事，

打通联系群众"最后一公里"；

制定村规民约，

推动法治化管理⋯⋯

条条起点高，

项项接地气，

不愧上级派来的干部，

有智慧，有魄力。

三年下来，柳树沟村变了，

变得改天换地——

"两委"变强，

经济连创奇迹，

环境变美，

村风民风全县第一⋯⋯

第一书记明天要走，

村民们把她团团围起，

你送一篮鸡蛋柳菇，

他给一袋红薯香梨。

村主任支书送的两句话：

柳树沟永远是你的娘家故里，

常回家看看，

民族复兴路上再给我们加油打气！

一杆旗

六十大几，
早已过花甲，
仍意气风发，
在任村党支部书记。

不是他不愿退，
是全村党员不让他休息，
每届无记名投票选举，
人们总是把选票投向他那里。
党员和乡亲们说，
老支书这辈子不容易，
七七事变出生，
第一眼见到的是鬼子冰冷的铁蹄，
听到的第一声响，
是鬼子呼啸的飞机掠过屋脊。
跟着父母到处逃荒，
一天到晚躲进山洞里，

吃野果啃树皮，

喝的是泥沟水。

抗战胜利打败了日本鬼子，

蒋介石又把内战挑起，

解放军南征北战三年整，

迎来了中华人民共和国成立。

至此，老支书进了学堂，

跟着共产党建设社会主义。

终于有一天，他也加入了党组织，

后来又当了党支部书记。

从那天起，他带领众乡亲，

战天斗地，拼东征西；

防洪抗旱，兴修水利；

优选优种，革新农技；

建造大棚，逆反四季；

多种经营，群策群力……

早晨——他起得最早，

夜里——他睡得最晚，

盘算怎样帮助乡亲脱贫，

合计如何使柳树沟翻身挺立。

就这样干了一年又一年，

柳树沟村今非昔比，

家家油满缸粮满囤，

户户欢歌笑语。

乡亲们说，书记几十年如一日，

时刻想着百姓，从没考虑自己，

几十年没吃过一次请，

大半辈子没收过一份礼，

只要书记耳不聋眼不花，

愿他永远当我们的好书记。

老书记说，那可不行，

我感谢乡亲们的好意，

该退就得退，

年轻人更有魄力。

我没有乡亲们说得那么好，

几斤几两自己心里有底——

其实我也有私心，

这些年没少向乡亲们"索取"。

比如，我以乡亲们忠厚朴实为榜样，

不断地改造自己，

还偷学了他们许多农耕技艺，

不然我怎会耕耩锄刨侍弄土地。

之所以没吃请没收礼，

是因为国有法律党有规矩，

是良心使然声誉第一，

是打铁还须自身硬，

是不敢腐不能腐牢记心里。

这样，告别乡亲们那天，

才能无怨无悔；

来日地下见爹娘时，

才敢昂首挺立……

哦，老支书老书记，

柳树沟村的一杆旗，

名副其实的共产党员，

乡亲们由衷地崇拜你、敬重你！

老队长

黑黑的大眼，

红红的脸膛，

对襟褂子敞着怀，

裤腿挽到膝盖上。

没人称你队长，

都喊你老张。

生来一股犟脾气——

专爱打硬仗。

北山坡子垒堰，

二百斤的大石头你一人扛，

膀子压肿了，

你褂子一甩垫肩上；

南河套里挖泥，

时冬腊月你不怕凉，

老胃病复发，

你嚼片药坚持不下战场；

村东头百十亩碱窝子地，

春种一斗秋收半升粮，

你手一挥：翻他个底朝天，

让盐碱窝变成米粮仓！

村西头九岗十八洼，

高处干裂，低处水汪，

你铁镐一轮：起高垫低，

叫他三年之内亩产翻番……

老队长啊，

不，老张，

新长征路上一头老黄牛，

冲天干劲儿难以估量。

你没睡过一个安稳觉，

没吃过一口热干粮；

你手上没有褪过茧，

肩上没有离开过筐。

你总唱——

《在希望的田野上》，

你总讲——

艰苦奋斗奋发图强。

你常说——

是党给了咱胆，

是群众给了咱力量。

咱要不忘初心、牢记使命，

朝着民族复兴大目标一股劲儿往前闯！

队长的粗布衣

队长的粗布衣，
藏着串串谜——
纵是补丁摞补丁，
干净又整齐。
说谜不是谜，
解谜很容易，
乡亲们中间问一问，
哪个不熟悉?

提起肩上的补丁哟，
突击队员最知底——
半山腰垒坝防洪，
二百斤的大石头他一人扛起，
号子伴着歌声飞，
战天斗地不惜力，
磨呀磨，
磨破了肩上的粗布衣。

提起袖肘的补丁哟，
种田把式最知底——
队长办公室设在田间地头，
以身作则数第一，
秋收——他挥镰，
春种——他拉犁，
磨呀磨，
磨破了袖肘粗布衣。

提起膝盖的补丁哟，
柳编姑娘们最知底——
他忙里偷闲转到合作社，
胶皮鞋一脱盘腿坐地，
亲手编柳筐，
给姑娘们传艺，
磨呀磨，
磨破了膝盖粗布衣……

望着队长身上的粗布衣，
干部群众都敬佩不已。
乡亲们说，
不是咱队长穿不起新衣，

只因为，

党的优良传统牢记心里。

他说，拒腐防变必须从严做起，

这样新长征路上才能所向披靡……

队长小花

生产队长小花，
二十八岁还没出嫁，
在柳树沟村当生产队长，
生产、思想一手抓。
一年四季，
无冬无夏，
胶皮鞋，
蓝裤褂，
羊肚手巾肩上搭，
一头齐肩发。
她说，这打扮清爽利索，
干活无牵挂。
乡亲们说，这话不假，
她干事从不婆婆妈妈——
那年县里修水库，
各村分段包干按时拿下，
她带领民兵组成突击队，

肩挑人抬运石垒坝，

三个月任务两个月完成，

战报上表扬喇叭里夸。

那年抗旱，她手一挥：

干，用咱的汗水浇庄稼！

她肩挑水桶快步如飞，

汗水湿透蓝裤褂。

民兵们紧随其后，

那阵势，就像猛虎嚼蚂蚱……

小花抓生产是把硬手，

思想工作也顶呱呱——

有两个青年出工不出力，

她一个个谈话，

讲自己的饭碗自己端，

谈搞好生产意义重大。

讲得小刘羞红了脸，

谈得小李泪珠洒，

从此干劲冲天，

年年戴上劳动模范大红花……

啊，生产队长小花，

思想、生产一手抓，

抓得细，抓处严，

抓得准确及时入位到家。

县长说，小花是榜样，

全县都要学习她；

县委书记说，小花是人才，

咱要重点培养这匹千里马！

更　夫

挂一根柳藤，
提一盏马灯，
走街串巷，
为柳树沟村打更。
一声声重一声声轻，
伴着月光顶着星星，
满街呼喊，
耐心给乡亲们提醒。

春天他喊：天干物燥，
上山进林不要带火种，
出门关好炉灶，
拔掉电源拧紧煤气瓶；
夏天他喊：开窗有讲究，
属六月风硬，
南北东西不能贯通，
当心受凉生病；

秋天他喊：别再熬夜了，

养精蓄锐早点儿睡觉熄灯，

明天还有任务，

连续作战抢收抢种；

冬天他喊：外面下雪了，

路上结了冰，

老哥老姐们晨练别那么早，

孩子们出门上学要提前几分钟……

拄一根柳藤，

提一盏马灯，

李老汉自讨的差事，

说是为家乡振兴奉献余生。

一声声重一声声轻

送走月亮告别星星，

柳树沟村的更夫老李头，

真个是一片热心满腔真情……

河边密语

村边小河旁，
一对男女生产队长，
肩靠肩膀挨膀，
轻声慢语拉家常。
哦，他们在谈婚论嫁，
双双心里如蜜淌。

你不要一分彩礼，
不觉得亏得慌？
再好好想想，
要不要回家与父母商量？
柱子怎么也不敢想，
没见过这样的待嫁姑娘。

现在是新时代，
旧风俗坏习惯理应一扫光。
我的婚姻我做主，

何况我爸妈思想很解放。
姑娘不紧不慢回答，
句句理直气壮。

一对男女生产队长，
轻声慢语拉家常。
他说，我爱你屋里屋外一把手，
更爱你纯真无瑕敢做敢当；
她道，我爱你勤劳朴实孝敬老人，
更爱你正义守诚好学向上……

村边小河旁，
风吹绿柳沙沙响，
一对新时代青年男女，
肩靠肩膀挨膀，
看似谈婚论嫁，
其实是擘画未来美好华章……

村规民约

在柳树沟街心的一堵墙上，
张贴着一张红榜，
名为《村规民约》，
日夜放射着光芒。

"村规"明确：
给群众做出榜样——
干部带头遵纪守法，
不贪不占，清白风光，
不踩红线，初心不忘，
爱护集体，人民至上……

"民约"具体：
构建和谐大家庭，
提倡正能量——
爱憎分明，勇敢坚强，
尊重科学，解放思想，

尊老爱幼，邻里谦让……

"村规"好，管住了干部，
为人民服务牢记心上；
"民约"好，约束了众乡亲，
中国农民的优良传统得到发扬。

好个《村规民约》！
乡村振兴蓝图一张，
看明日，
一个耀眼的新农村光荣上榜！

"免份子券"

多少年来，

柳树沟有个传世习俗——

哪家办红白喜事，

邻里都要"出份子"伸出援手。

份子钱从一元五元到百元千元，

不掏说不出口：

当初我家办事你掏过，

今天我再掏给你算是互相帮助。

好个"互相帮助"！

分明是观念陈腐。

谁家那么宽裕富足？

谁家的钱那么凑手？

没办法，只能东凑西借，

甚至卖掉正下蛋的鸡正蹲膘的猪。

份子——压得人喘不过气，

份子——多少人为它愁白了头。

柳树沟的乡亲们说：

新时代要打破旧习俗！

于是村委会动员大家献计献策，

向"出份子"旧习俗发起战斗。

最终，乡亲们找到——

互送"免份子券"这条新路。

这个"券"如同电影票大小，

由村委会请专人设计出炉，

上面印有柳河柳林，

一个全景式的柳树沟。

以户为单位从村委会领取，

事前连"请柬"向亲朋好友送出。

办事那天收"柬"者把签了名的券返给事主，

这一次"出份子"宣告结束。

哦，"免份子券"，

一张薄纸光亮通透——

你是柳树沟的发明创造，

你是新农村现代文明的又一曲鸣奏。

你卸掉了人们的经济负担，

你使人与人户与户的情感增厚。

从此，新长征路上轻装上阵，

向着民族复兴伟业拼搏奋斗。

"城归"

随着城镇化的快速发展，柳树沟和全国农村一样，正悄然进行着一场人力资源革命——曾经到城市打工的农民工，曾经在城市就业的大学生，逐渐回归家乡，成了村里创新创业的主体力量，给"空心化"的农村带来了人心重塑、社会重建的新变化。

大棚专业户阿海

阿海回乡探望老娘，
除了悲伤还是悲伤。
不是老娘病体加重，
只因映入眼帘的满是凄凉——
房屋空巢，村落空心，
村民高龄，土地撂荒；
留守儿童流浪嬉戏，
村头老桥断骨折梁；
不宽的街道坑洼不平，

古老的农舍断壁残墙……

转一圈，心滴血，

走一趟，泪千行：

这就是先人故地，

这就是今人故乡。

痛——钻进海子骨髓，

泪——泡熟了海子梦想：

离开那个打工的城市，

回归三年前出发的地方，

把学到的知识带回柳树沟，

让科学栽培法落户家乡。

于是，千亩大棚拔地而起，

那气势赛过现代化农庄——

远眺，像玉盘明珠的蒙古包，

近瞧，像宽敞明亮的车间厂房。

东边，有机蔬菜滴翠，

西边，时令瓜果飘香，

南边，反季节果蔬茂盛，

北边，新品种作物正使劲灌浆……

一年四季有收获，

三百六十五天有进账，

传统农耕方式被打破，

绿色农业在柳树沟大放光芒。

回归，让阿海更有价值，

回归，使阿海成了新兴农民榜样。

阿海说，再给我三年时间，

我要让柳树沟家家实现小康……

女教师阿曼

大学毕业的阿曼，

在城里一所小学任教三年，

住单人宿舍，

在集体食堂就餐，

纵是各种条件十分优越，

却免不了内心空落六神不安。

回来吧，孩子，

回来看看家乡的水家乡的山，

城镇化提速了，

咱村一天一变。

你当年读书的小学，

如今旧貌换新颜，

三层小楼盖两排，

宽阔的操场彩胶铺满，

游泳池边是图书室，

崭新的电脑配发到班。

眼下，正招聘科班毕业生
来校任教管上"一金五险"……
父亲的来信勾走了阿曼的魂，
应聘回乡当了一名山村教员。
从此她静下心来，
在故乡三尺讲台上挥舞教鞭。
三年多耕耘一千多天苦干，
全县教师节表彰大会上，
一朵大红花带在阿曼胸前。
县长请她讲话，
她道出了藏在心底的誓言：
家乡的山水把我养大，
当初考师范正是为了今天。
俺初心不改，
要让柳树沟成为全县教育模范！

闹　春

立春遇六九，
沿河看柳。
盼了一冬，
盼到二月初二龙抬头。
村主任支书邀来众乡亲，
热炕头上绘蓝图。
机器已备好，
劲儿早攒足，
拳头攥得嘎嘎响，
只待天上飞布谷。
地深翻水浇透，
种子精选肥铺厚。
天没亮，
队队人马出村口。
村东呼村西吼，
村南村北热浪流。
目标寄心头——

再夺他个沉甸甸的秋!
到那时摘掉贫困帽,
全村喝喜酒:
庆贺"桃花盛开的村庄",
唱响现实版的"朝阳沟"。
开罢庆功会开誓师会,
你表决心他加油——
新的长征接着走,
小康路上再奋斗!

柳树沟的"三长"

　　建设业态文明，关系人民福祉，关乎民族未来。走向社会主义生态文明新时代的柳树沟村，从干部到群众自觉尊重自然、顺应自然、保护自然，着力树立生态观念、完善生态制度、维护生态安全、优化生态环境。且看村里的"三长"表现——

河长老唐

党员老唐，
当上了村里的河长。
他逢人便说：
俺有了职务，
往后别再喊俺老唐。
若问他职权到底多大，
村东那条河只管着十里长。
　瞧他，一只小喇叭脖子上挂，
一册《保护河湖》衣兜儿里装，

每天天不亮就出发，

摇一叶小舟披一身霞光。

查河堤有没有破损，

两岸有没有私搭乱建现象？

看河面有没有枯枝败叶，

两岸有没有污水排放？

河堤破损——当即修补，

岸边违建——督促拆光，

河面赃物——随手捞起，

污水进口——立即堵上……

十里水路，

是唐河长的战场，

风雨无阻，

每日往返检查十趟。

那弯曲的身影，

那黝黑的面庞，

分明是一尊河神，

为这股流动的水保驾护航。

终于，一双橹摇出一河清水，

一只喇叭喊出两岸柳绿花香。

年底，县里召开护水节水大会，

老唐的事迹引起强烈反响。

乡亲们看到，

他笑眯眯抱回个大红奖状！

街长老张

从东到西，从南到北，
两条大街是老张的战斗岗位。
原本该尽享天伦，
他偏要自讨苦累，
肩上背个柳条筐，
手里的扫帚不停地挥。
起风了，他吆喝各家各户关好门窗，
忙着把枯枝败叶清理；
下雪了，他不让路面见白色，
随下随扫运出村去。
平日里，烟头纸屑随手捡起，
为路边花坛喷药浇水；
帮东家抬新买的大物件，
替西家取刚到的快递……
一年四季，早出晚归，
两条街成了他的好伙伴，
比对家中的老伴儿还要熟悉。
村委会要给他发工资，
说不能让老实人吃亏。

他听说后急了，
找了主任找书记：
从旧社会过来，
知道啥叫黄连啥是蜜，
共产党给了咱好日子，
咱要把感恩记心里。
如今，天是咱自己的天，
地是咱自己的地，
为自家忙活，
哪有拿薪水的道理！
书记说不通，
主任被怼回，
大街上，依然活跃着老张的身影，
从早到晚，一年四季……

站长老王

村里的老王，
一年前荣升站长，
掌管着全村十个垃圾站，
任务繁重又荣光。
清晨，乡亲们还在睡梦中，
老王的战斗已经打响——

一袋袋垃圾分拣归类，

一样样打包装箱。

枯枝败叶，送发酵池封贮造肥，

可回收物，送往再生工厂。

不寻常的岗位，

熏眼刺鼻又臭又脏，

老王不怕，

每天乐呵呵送走太阳迎来月亮。

他说：没有脏的工作，

只有脏的思想，

越是平凡岗位，

越能检验一个人的价值取向。

这话不假，

老王的价值不可估量。

且不说他给村里创造的有机肥，

光再生资源村里每年就有数十万元进账。

主任、支书为他点赞，

众乡亲为他邀功请赏。

他摆摆手说：

俺是柳树沟的村民，

建设新农村本该出一份力量！

大学生技术员

满脸红彤彤，
一双大眼睛，
短裤短褂胶皮鞋，
紫红的腰带系腰中，
地道的农家女，
返乡的名牌大学生。

从早到晚，
从春到冬，
不管冷热，
不分阴晴，
跑了东家跑西家，
授课在大棚——
讲结构分子，
讲土壤时令，
什么时候翻地，
什么时候撒种，

怎样调节温度湿度，
怎样防病除虫……
手把手教面对面学，
送走日头迎来星星。

她说，咱祖辈是农民，
跟泥土有感情，
大学毕业回村来，
要用知识帮乡亲们圆小康梦。

乡亲们说，这丫头心热，
不管亲疏有求必应；
乡亲们又说，这丫头心软，
没钱她垫钱没种子她送种子；
乡亲们还说，这丫头心实，
不帮出成果她不收兵……
三年拼搏奋斗，
三年风雨兼程，
终于，家家门前挂上小康牌匾，
贫困帽子一齐扔。

短裤短褂胶皮鞋，
农民的打扮农民的情，

大学生毕业回村来，
脚踏实地绘人生，
大棚里高奏青春曲，
冲破云端进苍穹。

抗　旱

赤日炎炎似火烧，
野田禾稻半枯焦——
六月的柳树沟村，
正是这样的写照。

主任支书轮番讲话，
街上的喇叭响爆：
乡亲们行动起来，
全力抗旱保苗！
大旱也要夺高产，
咱柳树沟人不孬……
带头人发出动员令，
抗旱大军紧急行动争分夺秒——
脸盆端，罐子提，
抬的抬，挑的挑，
小河两岸，
像前沿阵地紧张热闹。

姑娘小伙组成突击队，
恨不得抬起小河向田里倒；
那些大爷大妈，
提着水桶一路小跑；
小学也临时停课了，
孩子们接力送水兴致更高……
乡亲们说，
再苦再难也不怕，
今天咱为国家种田，
也为自家吃饱吃好，
旱情再严重，
公粮一粒也不能少交！

赤日炎炎，
禾苗枯焦，
看，"遍地英雄下夕烟"，
柳树沟频频传捷报……

暴风雨过后

雷鸣闪电，

惊天动地，

突如其来的狂风暴雨，

直向柳树沟扑去。

刹那间，河水上涨，

不少柳树枝干分离，

秋庄稼成片倒伏，

山上的果子落满地……

忽听村上的喇叭响：

这场暴风雨来得太急，

淹了我们的庄稼，

毁了我们的林地。

这会儿风停了雨小了，

快穿上雨衣带上工具，

保卫我们的劳动果实，

把损失减小到最低！

一声令，队队人马出了村，

有老有少，有男有女。

那边，村支书带队竖起刮倒的柳树，

搜寻树下跑散的猪和鸡，

那些柳菇最娇气，

精心清洗菇上的泥；

这边，村主任带队排放大田里的积水，

扶起正灌浆的倒伏玉米，

修理大棚的破洞，

把冲走的秧苗补齐……

听，满沟号子响，

响声冲天际。

看，人人一身泥，

修天补地不惜力。

支书讲，好日子靠奋斗，

为民族复兴所向披靡；

乡亲们说，农民有的是汗和力，

党指向哪里我们就打到哪里！

护林员

吃在林间，
睡在林间，
三班倒换，
柳树沟的那群护林员。

当初护林队成立，
原定从男青年中挑选队员，
谁想呼啦啦来了一群姑娘报名，
叫嚷着"妇女能顶半边天"。
支书挑，村主任选，
最终选出八女十六男。

柳树沟的护林员，
重任在肩——
给柳林浇水捉虫，
防火防盗，修枝护堰，

一年四季，
风雪雷电，
莅事忠勤，
攻坚克难。

几年下来，
柳林繁茂蔽地遮天，
换来全村环境美，
家家装满了钱罐罐。
再看这群年轻人，
个个都在变：
姑娘变成了黑铁塔，
小伙儿变成黑老汉。
他们却说，
这不算什么，
民族复兴才是我们的夙愿。

瞧，柳林多美多热闹——
喜鹊枝头叫，
彩蝶戏花园；
听，歌声多甜多响亮——
"谁不夸俺家乡好"，
"一条大河波浪宽"……

啊，柳树沟村的那群护林员，
餐风饮露，吃住林间，
他们用青春热血，
擦亮了新农村这张名片！

修 路

隔着一条河，
挡着一座山，
柳树沟，
与外界失联几百年。
城里的物资运不进村，
沟里的果子换不来钱。
乡亲们急得团团转，
跳着脚喊：
何时有条汽车路，
跨水穿大山？！

乡亲们急，上边儿早知道，
乡下们喊，领导们早听见——
县长年前带人来，
又是测又是算；
这不，今天又来柳树沟，
带足了决心带足了汗。

只见他，袖子一撸裤腿一挽，

一口唾沫啐手心——干！

一声吼，

震得满沟颤。

乡亲们应——

早就想干他个地覆天翻！

咱山里人，

有的是劲儿有的是汗，

不怕腰累弯，

任凭筋骨断，

一天修一丈，

五年路出山。

到那时，

喇叭声声汽车串串，

拉走沟里的土特产，

换回城里的绸和缎，

吃的用的成堆，

任我们随便选，

好日子哟，

一天胜过一天。

送走了苦，

迎来了甜，

乡亲们劲头没用完，
站在高坡发誓言——
不忘初心，
民族复兴牢记心间，
艰苦奋斗，
自己的饭碗自己端，
新长征路上，
看红旗漫卷，
听捷报频传！

第五辑　崇军爱民

国防教育一条街

一条街道把柳树沟分成两半，
一半在北一半在南，
面对面的土墙上，
布满国防教育专栏。
一栏贴着"好男儿去当兵"海报，
一栏"兵役情况动员工作图表"齐全，
这栏"同心共筑强军梦"文章生动深刻，
那栏挂满立功获奖的官兵照片……

闲暇时分，
仨一群俩一伙儿驻足浏览：
老人们看了点头称赞，
年轻人看了浮想联翩。
张大爷说，
原以为打仗是军队的事，
与咱庄稼人无关，
看了宣传栏才明白，

原来国防与千家万户紧密相连。
李奶奶看了宣传栏笑得合不拢嘴：
快来瞧，上面贴了俺孙子照片，
怪不得年前俺收到大红喜报，
原来俺孙子在队伍里中了状元。
赵家铁柱说，
上了大学还要不要兵役登记，
以前俺脑子里没有概念，
看了宣传栏才豁然开朗，
原来适龄青年都要登记造册入卷。
孙家二妮儿说，
原来俺只想结婚生娃过小日子，
原来保家卫国不分女和男，
明年俺就报名服兵役，
建功军营站岗戍边……

啊，一条国防教育大街，
两排国防知识宣传栏，
如进军号角耳边鸣响，
似催征战鼓动地震天。
你引领柳树沟人崇武爱军，
你把国防理念播撒民间。
看明日我钢铁长城，
必定更巩固更伟岸！

报名参军

又到一年一度征兵期，

二柱子比谁都着急，

去年他腿出了点儿状况，

选上了又被退回。

今年他第一个找到村主任，

死活要报名参军去。

村主任笑了：

你马上就要考大学，

首要的任务是抓紧学习。

二柱子急得掉了泪：

什么事都有轻重缓急

上大学还有机会，

错过当兵一辈子后悔。

您没见：

那个小国在东海闹事，

南海台海也风起云涌。

好男儿就要学习黄继光董存瑞，

精忠报国上阵杀敌！

三娃子推开人群挤到村主任面前，

话语间带有怨气：

您连着三年不让俺报名，

总说俺家困难缺少劳力，

告诉您，俺处了个对象，

往后家里家外有她料理，

俺保家卫国再没有牵挂，

只要让我当兵，

保证把立功喜报寄回……

一声声高，一声声低，

一阵阵喜，一阵阵怨，

挤爆了村委会大院，

弄的村主任没了主意。

忽听树上喇叭响——

适龄青年明天到县里面试查体！

这可给村主任解了围——

要谁不要谁明天面试查体看运气！

守岛战士

没有树木，
不见花草，
孤零零，
一块狭小的岛礁。
涨潮了，
海水逼近岗哨，
起风了，
整个岛礁在汪洋中飘摇。
七名战士驻守在那里，
天天听涛声日日伴海鸟。
年复一年，
迎旭日东升送晚霞夕照。

海岛艰苦，
艰苦到难以述描，
海岛寂寞，
寂寞到让人心跳。

战士们却说，

祖国的领土不分大小，

也不论贫穷或富饶，

同样神圣、骄傲。

艰苦算什么？

蘸着苦水磨战刀；

寂寞怕什么？

孤冷方显大美情操。

看，那个新兵小李，

高烧不退仍坚持站哨；

看，那个老兵大赵，

睡梦里还喊"发现可疑目标"……

啊，守岛战士，

你们是航标，

守日月星辰，

指挥战船驶向打赢航道；

你们是灯塔，

守海天苍穹，

引领凯旋将士回到祖国怀抱。

一块不算大的岛礁，

那是军人的战壕。

别看它狭小，

却能望穿五洲风云四海波涛；

莫道海风呼啸，

守岛人使命在肩心潮逐浪高。

豺狼狰狞狂吠，

不过是垂死的哀叫；

恶虎频繁骚扰，

那是魑魅临终的狂躁。

他们终被民族复兴的巨轮碾得粉碎，

抛向大海深处成为鱼虾的饵料！

立功喜报送到家

柳树枝条刚刚发芽，

柳河冰冻正在融化，

队伍上来了张参谋，

把柱子的立功喜报送到家。

张参谋走进村委会，

先与村干部接洽。

为啥没直接去柱子家？

他说，怕把二老惊吓。

支书说，军人办事就是周到细致，

永远想着群众惦着大家；

村主任说，喜事有前兆，

今晨喜鹊枝头叫喳喳！

吃过早饭，民兵连集合出发，

敲锣打鼓，举着彩旗捧着红花，

村干部和张参谋走在前面，

直奔柱子家。

柱子爹正要下田干活，

柱子妈刚打开电视看天气变化，

门前锣鼓咚咚响，

以为柱子回来探家。

支书握着柱子爹的手，

未曾开口笑哈哈：

柱子立功了，

张参谋专程送喜报到家。

是的，柱子在部队表现非常好，

工作学习样样顶呱呱。

他发明的训练器材在全师推广，

他总结的夜战经验被全军采纳。

去年驻地地震，

他从瓦砾中救出五个大爷大妈，

左脚被钢钉扎穿，

他拔掉钉子继续在废墟中扒……

张参谋如数家珍，

不停地赞不住地夸。

接下来，

张参谋捧给二老喜报和红花。

刹那间，

映红了柱子爹妈的脸颊。

村支书抓住时机对乡亲们讲——

巩固国防才能稳固国家。

往后，我们多为部队输送好青年，

让我们的国防固若金汤无敌天下！

拉练战士住俺家

拉练战士住俺家，
乐坏了俺爹妈。

俺爹说，多像当年的红军，
乡亲们需要啥他们帮啥，
春天帮助播种，
秋天帮着收庄稼，
天天水缸挑满院子扫净，
坐在炕头拉起家常话。

俺妈说，多像当年的八路，
出门进门喊大妈，
背着俺去县城看戏，
解说电影一字不落。

姑娘小伙子说，
兵哥哥教我们唱军歌，

还手把手教打靶。

娃娃们说，

叔叔给我们讲故事，

帮我们开阔眼界助智力开发……

拉练战士住俺家，

全家人乐开了花。

军爱民，民拥军，

军民团结无敌天下！

妈妈来队

春风送暖，
百花吐艳。
铁蛋参军三载，
妈妈看儿到边关。

大妈刚进屋，
一群战士围过来，
大妈大娘喊生甜——
有的捶背，有的揉肩，
有的递水，有的端饭，
那个热火劲儿，
赶走了边关倒春寒。

指导员坐在大娘身边，
家常话儿一串串：
村里的收成可好？
乡亲们的日子可舒坦？

铁蛋在部队进步快，
全家别挂念。
您瞧，他长高了长胖了，
年初当了班长带领一个班，
不论工作、学习、训练，
他带的班都是连里的模范……

铁蛋娘听了指导员的话，
乐得两眼眯成一条线：
铁蛋在部队俺放心，
好钢全靠炉子里炼，
你们多批评教育，
我早把他捐给了军队大院，
哪天国际形势吃紧，
你们就直接送他到前线，
就算为国家掉头送命，
我们全家也无悔无怨！

在部队住了三天，
大娘没一天空闲，
不是为战士们拆洗被褥，
就是到炊事班帮厨做饭……
这三天，战士们好幸福，

就像自己的妈妈在身边，
睡梦中笑洒了酒窝里的酒，
训练场上杀声震天。

大妈看儿到边关，
亲眼看到爱，亲身感到暖，
军民团结鱼水情深，
敢教天下之敌闻风丧胆！

婆媳夜话

夜深，风紧，
大雪封了门。
土炕上躺着婆媳俩，
离别的话道不尽。

闺女啊，怪娘这腿脚不争气，
从早到晚离不开人。
你结婚就围着老娘转，
吃喝拉撒操碎心。
忙完屋里忙屋外，
一年四季汗洗身。
随军八载不随队，
甘愿留山村。
瞧，水灵灵的姑娘变苍老，
为娘心不忍。
这次探亲多住些时日，
给娘抱回个大孙孙……

婆婆的话，

句句扎心。

娘，您别这么说，

婆婆和妈一样亲。

虎子戍边不在家，

俺孝敬您老是本分。

儿媳明晨要离家，

几句话儿留给您：

磨好的谷子装满了缸，

新缝的棉衣柜子里存。

饥饱冷热您把握好，

出门别忘了拄拐杖。

虎子伤好俺就回来，

依旧侍奉您……

儿媳的话，

句句暖心。

大雪封了门，

风紧，夜深。

两颗滚烫的心哟，

把隆冬暖成了春……

视频连线

一个英姿勃发，
一个满头白发，
英姿勃发——女儿，
满头白发——妈妈。
女儿在北疆戍边，
妈妈操持柳树沟的家，
大年三十母女俩视频连线，
整车的话把手机唠炸。

女儿啊，
这些天冷得邪乎，
你们那里怕是冻成了冰疙瘩，
执勤时千万多穿些衣服，
护好头护好腰护好俩脚丫。
今天是年三十儿，
村主任带人到咱家，
送来了米面和三鲜馅，

还有苹果鸭梨大西瓜。
你别惦记爹和妈，
放心戍边保国家……
老人家想女儿声音颤抖，
扭过脸偷偷擦泪花。

女儿最懂妈妈的心，
赶忙把话插：
连队生活暖如春，
皮衣皮帽子新皮卡，
刚杀的牛羊冒热气，
新鲜果蔬用车拉。
一会儿集体包饺子，
团长政委也参加，
吃完饺子看"春晚"，
看完春晚把歌拉。
老爸老妈别惦记我，
您看女儿结实得像铁塔……

一个英姿勃发，
一个满头白发，
一个北疆戍边，
一个故乡持家。

戍边者脸上写满忠诚——
牢记使命，奉献芳华；
持家者白发中藏着故事——
家国情怀，放眼天下。

军粮供应点

一个农家小院，
两排土屋数间，
醒目招牌门上挂——
军粮供应点！

十几名员工，
土生土长的柳树沟大汉，
那两位姑娘是志愿者，
供应点的编外成员。
一年四季，
从早到晚，
他们忙得脚不沾地，
精心打理这个军粮供应点——
面，一遍遍筛，
米，一粒粒拣，
保通风，去潮气，
守恒温，防霉变……

他们说：

咱管的是解放军饭碗，

强健子弟兵体魄是我们的初心，

能战胜战是我们的夙愿！

于是，方圆百里几处驻军，

都装在他们心间——

高站位谋划，

高质量发展，

以兵为本，

应变应战，

协同保障，

跨区支援，

肩抬手提，

推车挑担，

按时、优质、足量，

把军粮送进营院。

有两支队伍临时到此，

一队是驻训，一队是拉练，

计划外供应粮油果蔬，

他们标准不降、数量不减……

微笑服务，超值保障，

暖透了子弟兵心田。

听，训练场上杀声震天，

那是射向敌人的子弹！

雀啾林间，
霞染群山。
好一个柳树沟军粮供应点！
强军之基可颂！胜战之功可赞！

拥军一日

明天是星期天，

多好的机缘——

咱们去营区拥军，

给子弟兵送温暖！

团支部书记的建议，

得到全体团员青年拥赞。

接下来，大家分工编组，

又立标准又定时间，

末了提出"偷袭战"，

力求打一场"速决战"。

于是，翌日一大早，

军营里涌进几十名便衣战斗员——

洗军衣的洗军衣，

扫营院的扫营院，

有的给兵哥哥打洗脸水，

有的把门窗连擦几遍。

小花姑娘带五姐妹拆洗棉被，

铁柱领十个小伙儿淘厕所干得正欢……

战士们出操回来惊呆了:

今天谁值班?

干得如此漂亮,

建议连长晚点名时要特别点赞!

咯——咯——咯!

柳林里传来笑声一串串。

战士们猛抬头,

啊,远处藏着一群靓女俊男。

原来是亲人来拥军,

那阵势,多像当年百姓支前。

还是指导员敏感,

当即集合队伍做动员:

军是鱼民是水,

鱼水情深伟力大无边。

何以回报来自人民的爱?

练好本领保卫祖国领土、海疆、蓝天!

国防绿　平安蓝

南甜北咸，

东辣西酸，

老团长参军三十载，

各种味道尝遍。

去年退休了，

他非要回柳树沟老家种田。

一大把年纪了，

谁肯让他受累流汗？

村委会研究，

请他当协警兼保安。

老团长二话没说，

"国防绿"变成"平安蓝"。

你瞧，他顶着星星出，

涉河流爬高山；

你看，他踏着月光回，

东家走西家串。

调解邻里纠纷，

检查消防安全，

采集治安信息，

协助警察破案……

村主任说，老团长就是"流动探头"，

不和谐的人和事甭想逃过他的慧眼；

支书说，老团长是位"织耕能手"，

织出柳树沟五彩锦缎。

乡亲们讲话直，

句句戳心坎——

共产党给了咱好日子，

老团长叫咱安安稳稳享乐品甜……

军　训

军歌声声传喜讯，
解放军拉练驻俺村，
白天忙演习，
晚上忙助民，
好容易盼个星期天，
还帮着民兵军训。

瞧，老班长带队练正步，
纠正动作特认真：
摆臂不能打弯，
踢腿要有劲，
眼睛平视，
挺胸、抬头、站稳，
立如松走如风，
这才像真正军人！

看，新战士举着枪，

带领女民兵练瞄准：

平稳呼吸，

枪杆握紧，

三点一线，

对准靶心……

神枪手是练出来的，

硬本领才能保家卫国护佑人民！

练——一年四季，

练——日月星辰，

练成百发百中，

练得天兵如神，

待明日，军民并肩，

在战场痛杀敌人。

烈士墓前

一座古老的坟茔，
藏在柳林中，
坟茔里，
静卧着一个生命。

今天，一群年轻人围在墓前，
那是柳树沟的全体民兵。
老支书队伍前讲话，
句句动真情——
知道吗?
这坟茔里埋的是位英雄，
何止是英雄?
还是我们全村人的救星。
那年日本鬼子"大扫荡"，
八路军连长把乡亲们藏进山中。
敌人追过来，
老连长灵机一动，

朝着另一条山沟飞奔，

边跑边举枪射向空中。

鬼子听到枪响，

循着声音疯狂向前冲。

追出十里路方知上了当，

一个八路骗了一群蠢虫。

敌人气得一阵扫射，

老连长的鲜血把山沟染红。

乡亲们得救后找到八路，

看到他身上有百余个弹孔。

大家含泪掩埋了八路军连长，

祈祷他地下不再有疼痛……

眼前的坟茔，

就是拯救我们的八路军英雄。

咱柳树沟人知恩图报，

世世代代永远记住这位英雄！

老支书的叮咛，

那么深切，那么动容……

像英雄学习，

向恩人致敬，

民族恨永记心间，

对祖国对人民世代忠诚！

口号声声，誓言铮铮，

直冲苍穹，响彻太空。

看明日，民族复兴路上，

风雨同天，万马奔腾……

后　记

诗人——诗作者的称谓。

写诗的人不一定都是诗人。我也写诗，但我不是诗人，因为我的诗作从数量上说很少，从质量上看应归属"平俗直白"之类。

我喜欢读书，包括诗书，早年学习过外国著名诗人海涅、雪莱和泰戈尔、普希金的名篇，也研究过国内古今著名诗人屈原、王维、艾青以及汪国真、徐志摩的作品。然而由于悟性不高，未从中学到真传，以致自己在诗歌创作上终无造诣。

话分两头说。自己终究读过不少名家名作，总还是有些收获的，在新诗写作方面多少还有些体会——

要有生活感。伴随五四新文化运动的开启，我国一大批开拓性诗人向着新诗挺进。特别是毛泽东《在延安文艺座谈会上的讲话》发表后，文艺为人民大众服务、创作人民大众喜闻乐见的文学艺术作品，成了广大文艺工作者的不懈追求。诗人作为人类心灵的探秘者和人类生活的记录者，应该努力为人民大众而歌，为现实生活而歌，歌颂光明，歌颂美好，揭露黑暗，揭露丑陋。要做到这一点，诗人必须熟悉人民大众的生活，了解人民大众的疾苦，这样写出的作品才有生活气息。一位军旅诗人说："诗的最高规范是生活，生活给了我诗的生命。"我认同此理。

要有朴素美。朴素美是诗的最高境界。一百多年来，新诗园地可谓百花齐放，种类繁多，其中不乏新颖别致的好诗，一领新诗风骚。这些诗不仅豪放、雄壮，还婉约、典雅，既有诗味，也有理趣，不论从思想高度还是艺术深度上讲，都堪称佳作极品。然而，也有一些不那么朴实的怪诗，这些诗作堆砌一些华丽词藻，读者看了迷离恍惚，不知所云。我认为新诗要强调朴素美，要通过巧妙的联想、贴切的比喻直抒胸臆，写出自己的独到见解，让读者一看就明白。

要有人情味儿。无论古体诗还是新体诗，诗作者要怀有社会责任感，怀着抱朴之情去反映人民大众的心声，这样写出的诗才有味儿，才有人情味儿。要做到这一点，唯一的途径还是要深入生活，真切地了解人民大众所思所想、所需所盼，努力使自己的思想认知赶上人民大众。与人民大众的心贴近融通了，写出的诗作自然就会有浓厚的人情味儿了。

这本诗集正是按照上述原则创作而成，是否主客观相融相通，当然该另当别论。

王志祥
2022 年底于解放军报社惜民斋